小说写作
速成本

刘丙润 / 著

化学工业出版社
· 北京 ·

图书在版编目（CIP）数据

小说写作速成本 / 刘丙润著． -- 北京 ：化学工业
出版社，2025．1．-- ISBN 978-7-122-46656-3

Ⅰ．I054

中国国家版本馆 CIP 数据核字第 2024WW6742 号

责任编辑：葛亚丽　　　　　　　　装帧设计：王　婧
责任校对：李露洁

出版发行：化学工业出版社（北京市东城区青年湖南街 13 号　邮政编码 100011）
印　　装：三河市双峰印刷装订有限公司
710mm×1000mm　1/16　印张 5　字数 80 千字　2025 年 1 月北京第 1 版第 1 次印刷

购书咨询：010-64518888　　　　　　售后服务：010-64518899
网　　址：http://www.cip.com.cn

凡购买本书，如有缺损质量问题，本社销售中心负责调换。

定　　价：**19.80 元**

序　言

我从 2014 年从事文学创作，到今年已经整整十年了。在文学创作的过程中，我发现文笔提升难度很大。想要快速出成绩不能只依托于文笔，还可以依托技巧。而技巧，是可以在短期内快速提升的。尤其在长篇小说这一块，提升技巧尤为重要。很多小伙伴不是写不出好小说来，而是在创作小说的过程中，出现了如大纲混乱、人物混乱、人设混乱等诸多致命问题。

正因如此，我为大家精心设计了这本书。书中讲解的技巧于 2021 年开始就已经在我的工作室中频繁使用，丙润文学的年卡学员及月卡学员在过去 4 年时间里，使用本书介绍的技巧，小说创作的成绩均得到显著提升。对于萌新小白来说，本书的作用更大，书中重点给大家讲解了作家笔名、选题、签约平台的确定及小说内容创作的全流程。

大家既可以把这本书当作我们创作小说的参考书，也可以当作一个记事本，把好的构思、好的想法记录下来。原则上来说，这本书可以匹配出一本成熟的小说米。大家如果想同时创作或更新多本小说的话，多备几本书即可。

只要按照书籍上演示的流程来进行内容创作，就可以很好地解决卡文、卡设定等问题，同时还可以在较短时间内出成绩。

目　录

第1章

作家笔名、选题及签约平台的确定

1.1 作家笔名 5 要素，打造 IP 最关键

□ 便于记忆

案例：姓氏＋昵称（刘丙润）、水果加蔬菜（苹果爱香蕉）、时间加地点（七月长安）

□ 有个人风格

案例：灵魂有趣的胖子、爱码字的小姑娘

□ 有特殊题材意义

大女主题材（女帝驾到）

□ 具备独特性

个性加特点、加趣味，保证辨识度和市场竞争力

□ 不侵权

不与明星、知名作家、企业家等人物重名

你的笔名设置：

□ 便于记忆

□ 有个人风格

□ 有特殊题材意义

□ 具备独特性

□ 不侵权

1.2 小说的主要题材方向及创作规划

表1-1 小说的主要题材方向

小说题材	特点描述	作者创作意愿
惊悚	以紧张、刺激为主要噱头，在创作时会涉及诸多的悬念与反转，如谋杀与逃亡	□ 极度想创作 □ 一般想创作 □ 不愿意创作
悬疑	以设置谜团和悬念为主要创作手法，运用第一人称或第三人称的叙述方式，引导读者跟随主角视野逐步揭开谜团，侧重于推理和逻辑	□ 极度想创作 □ 一般想创作 □ 不愿意创作
规则怪谈	以各类规则、条例为重心，角色们需要遵守规则，并运用规则来反击规则。不遵守规则会遭受诸多惩罚，且角色们需要通过逻辑推导找出规则怪谈的真相	□ 极度想创作 □ 一般想创作 □ 不愿意创作
都市爱情	以现代都市为背景，聚焦都市男女的情感生活。可以描述或苦涩或甜蜜的爱情故事，通过跌宕起伏的剧情来吸引读者阅读	□ 极度想创作 □ 一般想创作 □ 不愿意创作
都市高武	以都市为背景，融合内功、武道、武术等相关元素，需要对战斗场面做细腻描写	□ 极度想创作 □ 一般想创作 □ 不愿意创作
游戏	以网络游戏为背景，可以创作主角穿越到虚拟游戏中通关；也可以创作主角团队开发出某些游戏，在现实世界大杀四方；还可以创作主角作为一名游戏主播，一路打上巅峰赛	□ 极度想创作 □ 一般想创作 □ 不愿意创作

续表

小说题材	特点描述	作者创作意愿
历史	在尊重历史的前提下，可以创作多种题材。但无论创作哪一种历史题材，都不能抹黑扭曲历史人物和历史事实	□ 极度想创作 □ 一般想创作 □ 不愿意创作
军事	以部队生活或战争为题材，描写主角或主角团队经历层层困难与选拔，最终成为一代兵王的故事	□ 极度想创作 □ 一般想创作 □ 不愿意创作
古代言情	重点描述古代人的价值观、爱情观，以女频为主，如果做古代脑洞言情，市场会更好	□ 极度想创作 □ 一般想创作 □ 不愿意创作
玄幻	以未知的世界危险、奇妙的各类生物为主，通过融合神秘、魔法、奇幻等多种元素来展开善与恶、好与坏的博弈	□ 极度想创作 □ 一般想创作 □ 不愿意创作
武侠	以打斗和武术为背景，通过精彩的打斗场面、江湖中的人际关系、武侠的侠义精神来创作出扣人心弦的作品	□ 极度想创作 □ 一般想创作 □ 不愿意创作

创作规划

□ 小说名称：

□ 作者姓名：

□ 预计完成时间：

□ 目标读者群体（如青少年、成年读者、科幻迷、历史爱好者等）：

□ 预计字数：

□ 写作进度（当前写作阶段，如：大纲完成、初稿进行中、修订阶段等）：

1.3　小说平台介绍，将你的作品发表到匹配的平台上

表 1-2　小说创作平台

平台名称	优点	缺点
起点中文网	读者多，推广渠道丰富	竞争激烈，签约过稿难度大
番茄小说网	平台流量大，推荐机制公平，易吸引读者，免费阅读机制	竞争激烈，要求作品新颖、脑洞突出
七猫中文网	提供编辑指导和分成合同，有助于新人作者成长	竞争激烈，新人签约过稿难度大
晋江文学城	读者群体忠诚度高，作者权益保护好	竞争激烈，市场细分度高
飞卢小说网	流量高，稿费数据好，推荐机制公平	竞争激烈，对单日更新字数要求严苛
咪咕文学网	稿费有保障，全勤奖高	流量相对番茄小说网等平台较小
书旗中文网	读者基数大，适合各类网络小说的创作	对更新速度有要求，需保持稳定创作状态
长佩文学网	题材开放，环境友好，能及时获得读者反馈	流量相对番茄小说网等平台较小
纵横中文网	签约门槛低，全勤和推荐机制对新人友好	流量相对番茄小说网等平台较小

续表

平台名称	优点	缺点
黑岩小说网	题材丰富，对作者包容性强	流量相对番茄小说网等平台较小
17K 小说网	签约门槛适中，编辑团队经验丰富	流量相对番茄小说网等平台较小

第 2 章

小说创作前的铺垫内容及注意事项

2.1 故事卖点

市面上所有小说的卖点基本都是通用的，大体可以分为 6 大类、18 种，下面把这些卖点全部总结出来，大家自行对照。要注意，我们在进行小说内容创作时，原则上要满足三个以上的卖点，否则"黄金三章"很难被编辑签约，"黄金十章"很难被读者阅读，小说有极大概率"扑街"。

卖点一：引人入胜的情节。

1. 情节烧脑。

可降低读者的阅读速度，增加内容的可探讨性。但要把控尺度，不要过度烧脑。

2. 情节反转。

制作适当的番外或内容留白，给读者足够的想象空间。

3. 情节爽点。

通常以爽文打脸模型来持续创作，通俗来讲即反差对比。

卖点二：深刻的主题探讨。

1. 主题贴近现实。

可以举现实生活中常见的案例，包括但不限于明星卖货、扶老人过马路等，做正能量切题。

2. 哲学话题探讨。

类似于我是谁、我从哪儿来、我到哪儿去、人生的目的是什么、人生的意义又该怎样实现等话题。

3. 人性探讨。

切入人性本善还是人性本恶的话题辩论，但要注意以正能量的内容做结尾。

卖点三：鲜明的人物性格。

1. 主要角色程序正义。

要注意读者在阅读小说时往往会不自觉地代入主要角色身份中，即常说的主角和黄金配角。主角必须保证程序正义，不能是作恶多端、极度阴险的人物。

2. 反派阴暗面要放大。

小说中常见的反派往往会遭到主角或主角团队的清算，清算过程可能存在部分大尺度画面，想要让读者接受，就要尽可能将反派人性中的阴暗面放大。

3. 周边人物特点鲜明。

一般可以从人物的外貌、人物的性格、人物的语言、人物的动作来塑造，例如胖得离谱、瘦成竹竿儿、说话嗲嗲的等形式。

卖点四：悬念设置。

1. 章节结尾留有悬念。

章节结尾留有悬念是常见的套路模型，往往会引导读者去阅读下一章，尽最大可能提高章节与章节间的完读数据，这一点在各大小说平台上都尤为重要。

2. 部分情节做挖坑处理。

惊悚、悬疑、规则怪谈以及侦探破案等相关选题，可以在最开始的几个章节中留下悬念，把某些细节不断放大，方便为后续章节做伏笔。

3. 尝试做帽中帽。

塑造反派人物时，不要让反派直接出现，可以尝试塑造一个小反派，而这个小反派的背后是有大反派支持的，方便在小说结局时做反转。

卖点五：时代背景清晰明朗。

1. 都市背景。

为避免内容创作时存在部分风险，建议采用架空世界的方式，即采用虚拟地址、虚拟人名、虚拟世界的模式来进行内容创作。

2. 历史背景。

交待清楚故事的历史背景。

3. 玄幻背景。

玄幻世界的内容创作模板大体相似，可以借鉴别人的玄幻世界，也可以凭空想象。要注意，借鉴部分元素，原则上不属于抄袭。

卖点六：可读性强。

1. 趣味性内容创作。

增加幽默搞笑的对话、人物的搞笑动作、小说中角色的搞笑日常，让内容看起来不是千篇一律，每个人物都有各自的笑点。

2. 虐文内容创作。

增加人物的生离死别，主要角色爱而不能得，对重要人物的愧疚、遗憾和不满带来的悲伤情绪，提高可读性。尝试给主角设置障碍，让读者读得揪心。但大家要明白，不能一直让读者揪心，主要角色早期的揪心经历，是为了之后的爽点做铺垫。

3. 爱情内容创作。

亲情、爱情、友情是小说创作的三大主题要素。但现阶段读者对于男主角与女主角间的平淡爱情不太感兴趣，在创作爱情内容时，要尝试大开大合，塑造恢宏壮烈的爱情故事。

用最通俗的一句话来讲，小说的卖点决定了它能否让读者为之买单。一本没有卖点的小说，无论在任何渠道、任何平台去发布，都没有市场。这里面就会有另一个问题，如果我的小说压根没有卖点怎么办？没有卖点就要想办法去创造卖点！

2.2　核心思想表

小说类型：□惊悚　□悬疑　□规则怪谈　□都市爱情　□都市高武　□游戏 □历史　□军事　□古代言情　□玄幻　□武侠　□其他	
价值观：	
道德观念：	
人生哲理：	
情感表达：	
人性探索：	
历史观：	文化认同：

额外补充一：每个人的价值观不同，主角有主角的价值观，配角有配角的价值观，就连反派也有自己的价值观。一本优秀的小说绝不是把反派写成人性极端的恶，而是好坏参半的同时，让读者对其产生厌恶情绪。

额外补充二：人性探索要做到极致，但是核心角色（尤其是主角）的人性不能出现明显缺陷，比如过度懦弱，否则很容易产生跳出率。

2.3　小说简介通用模板

模板一：

爽文＋热血杀伐＋无敌文＋不圣母＋……

主角过去的经历，用两句话简单介绍；主角现在的目标和任务，用排比句简单介绍；结尾用反问句、疑问句或震惊体吸引读者阅读。

模板二：

在某一背景下，主角面临的主要冲突和挑战；他以怎样的性格、特点、技能或背景被迫卷入这场冲突。

随着剧情展开，主角与谁发生了哪些关键事件？揭示了怎样的矛盾？并逐渐成长为怎样的人物？

模板三：

若干年前主角遭遇了怎样的危机，现在主角卷土重来，强势回归；用 3 个及以上排比句勾勒剧情＋故事线，增加气势。

介绍剧情的走向或结局，主角要成为怎样的人或达到怎样的成就。

你的小说简介：

2.4　灵感收集速成法

小说作家的灵感收集方式相对固定。为了便于大家掌握，下面直接以表格的方式展示出来。

表 2-1　小说作家的灵感收集方式

个人经历	在都市小说、游戏小说以及其他题材小说中涉及亲情、爱情、友情的板块中，可以尝试将个人经历创作出来
各地作协的茶话会	当我们写作有成绩后，可以申请加入当地作协。成为作协成员后，一般会有各类的茶话会，一些优秀作家会分享自己的创作经验
同类题材扫榜	我们可以在番茄、起点、飞卢、七猫等各大小说平台去搜索收藏榜、畅销榜、点击榜等各类榜单，找到与自己创作的选题相似或相同的作品，然后阅读前 5 章来提供灵感
外出旅行	在作家圈子里，有相当多的作家，不会只局限于某一个地方进行创作，而是在创作的过程中去旅行、去激活大脑，把旅行中的一些人、事、物或在旅行过程中迸发出来的灵感记下来，然后再进行内容创作
电影电视剧观看	如果写惊悚、悬疑、规则怪谈等相关题材作品，可以去看相关电影、故事，以此来积累素材和灵感
冥想	大部分作家，尤其是非职业作家，每天创作的时间极其有限，要么忙于事业，要么忙于学业，真正能创作的时间只有下班后或放学后，建议大家在这时先不要急着创作，可以先放空大脑，然后去冥想小说中的大概剧情，把剧情捋顺了再进行内容创作

补充两点：

第一，灵感收集原则上可以借鉴别人的内容创作。但借鉴不等于抄袭，可以借鉴思路和节奏，但不能把别人的内容原封不动地复制过来。

第二，灵感收集是小说内容创作中至关重要的一环，内容创作时没有灵感，非常容易出现卡文的情况，如果尝试以上方法后，还没办法收集灵感，建议适当休息，舒缓紧张情绪，在紧张或焦虑的情况下，很难创作出好的作品。

2.5 小说内容创作的基础设备

表 2-2　小说内容创作的基础设备

主力设备	台式电脑、笔记本电脑、平板电脑、智能手机
码字辅助设备	机械键盘、普通键盘、手写笔、触控板
灵感辅助设备	文心一言、讯飞星火、豆包、天工网、通义千问
语音转文字辅助设备	普通录音笔、大疆麦克风、猛犸麦克风、好牧人麦克风、小蜜蜂麦克风
码字辅助软件设备	腾讯文档、飞书文档、Word 文档、石墨文档以及各大小说后台作家助手
其他辅助设备	硬盘（数据备份）、投光灯（护眼）、站立式电脑支架

你的主力设备：

你的码字辅助设备：

你的灵感辅助设备：

你的语音转文字辅助设备：

你的码字辅助软件设备：

其他辅助设备：

2.6　确定人称视角及叙述顺序

表 2-3　确定人称视角

第一人称视角	以我为主体，更能展示主角的心理活动和情绪波动，但受限于主角的知识和视野，很多的图及画面无法展开
第三人称视角	从外部观察的角度来叙述事件，能做单人物或多人物的情景切换，故事情节更丰富，但相对缺少故事的代入感

表 2-4　叙述的顺序

顺序描写	按时间线创作
倒叙描写	先讲结局，再讲事情的起因、经过
插叙描写	先讲故事高潮，再讲事情的起因、经过、结果

你创作小说的视角：

你创作小说的叙述方式：

第 3 章

小说大纲通用模板

3.1 整体概括背景表

时间背景：

时代背景：

地点背景：

社会背景：

技术背景：

冲突背景：

历史背景：

人文氛围背景：

额外补充：如果小说中涉及不同时空间的旅行，就要考虑旅行地与主角原有的背景是否有冲突，如果有，需要在剧情中展示出来。

3.2　事件起因

3.2.1　引入故事背景和主要角色

表 3-1　引入故事背景和主要角色的方法

直接叙述法	以旁白的形式切题，叙述主要剧情的因果关系、矛盾线
场景描述法	通过对极端环境的描写，叙述主角遇到的危机或特殊处境
人物对话法	通过人与人的对话，来引入时代背景、社会习俗、人物关系及主角的主要事件线
插叙描写法	先侧重讲解主角及关联人物遇到的危机，再去顺故事线
悬念设置法	开篇预留悬念或伏笔，通过主角亲身经历的事件或其他方式来引出主角的故事线

你创作小说引入故事背景和主要角色的方法：

3.2.2　设定故事的初始情境

常见的初始情境设定套路：

一、主角遇到个人生死危机。

二、主角遭遇宗门危机或集体危机。

三、主角突然来到某个玄幻世界或历史朝代。

四、主角遇到爱情危机。

五、主角来到某一个特殊时间节点。

六、主角经历了某种特殊的（包括但不限于幸福、屈辱、开心、悲伤等）事件。

额外补充：

小说开篇设定故事的初始情境，也就是我们常说的"小说破题"，破题的好与坏直接关系到这本小说能否爆火，即小说的前 500 字关系到它未来的发展上限。我们要想尽一切办法去构造冲突、矛盾、危机，要有最基本的情绪波动，否则很大概率会"扑街"，而这之中又以主角面临的挑战和冲突为主要元素。

你的开篇情境设定：

3.3　事件发展

3.3.1　主要角色面临的冲突和挑战

人与人的冲突：

人与环境的冲突：

人与社会的冲突：

主角遭遇身份危机：

主角遭遇道德危机：

主角遭遇情感危机：

额外补充：在单主角体裁的小说中，不管其他角色面临的冲突与挑战多么棘手，务必和主角有关联，这一点很关键，否则会造成"主角缺失"。

3.3.2 角色的成长和变化

主角成长变化：

初始阶段：

个人成长：

遭遇危机：

危机转折：

性格变化： -

属性：□善良

□邪恶

- -

女配角／男配角成长变化：

初始阶段：

个人成长：

遭遇危机：

危机转折：

性格变化：

属性：□善良

□邪恶

黄金配角成长变化:

初始阶段:

个人成长:

遭遇危机:

危机转折:

性格变化: _____

属性: □善良

□邪恶

反派成长变化：

初始阶段：

个人成长：

遭遇危机：

危机转折：

性格变化： _____ 属性：□善良

_____ □邪恶

额外注意：

角色的成长变化不只局限于主要角色，也包括黄金配角或其他人物，甚至包括好人变坏的过程和坏人变好的过程，都可以记录。

3.3.3　故事层层揭秘

表 3-2　故事层层揭秘案例 1

揭秘层次	揭秘内容	引出的问题 / 新线索
1	主角发现一封尘封的信件	信件是谁写的？内容暗示了什么
2	信件揭露了一个家族秘密	这个秘密是如何影响主角的
3	主角开始调查家族历史	在调查过程中，会遇到哪些人物？他们会提供什么信息
4	发现家族 30 年前与一位神秘商人有某种交易	那个商人是谁？做的是何种交易？为何与主角有关联

表 3-3　故事层层揭秘案例 2

揭秘层次	揭秘内容	引出的问题 / 新线索
1	主角发现了一扇门	这扇门是什么门？门打开之后会怎样
2	主角打开门，发现进入一个副本世界	这个世界里面有什么
3	主角开始调查副本线索	在调查过程中会遇到哪些人物？会遇到哪些危险
4	解决副本困难后，主角成功从门内走出	为什么会有这扇门？主角还会进入其他门吗

表 3-4　你的故事揭秘层次及内容

揭秘层次	揭秘内容	引出的问题 / 新线索
1		
2		
3		
4		

额外补充：故事层层揭秘，尤其适合喜欢挖坑、做伏笔的作者，这方面如果能设计得当，是很容易获得爆款收益的。参考番茄小说网爆火的《十日终焉》。

3.4　事件转折

表 3-5　事件转折案例

事件转折层次	转折关键内容	转折对故事的影响	转折的额外特殊标记
初级转折	主角家族遭遇重大变故，父亲病重	主角平静的生活被打破，引出他承担起家族重任的情节	情节启动点
中级转折	父亲去世，在密室发现父亲遗物	暗示遗物是守护家族的宝物，激发他保护家园的决心	信息揭露
高级转折	家族遭到敌人入侵，家园危在旦夕	加剧故事冲突，考验主角的智慧与勇气	命运抉择
最终转折	主角利用遗物的力量，联合亲人抵抗外敌	展现他作为主角的才能与勇气，同时推动故事达到高潮和结局	揭晓结局

表 3-6　你的故事转折层次及内容

事件转折层次	转折关键内容	转折对故事的影响	转折的额外特殊标记
初级转折			
中级转折			
高级转折			
最终转折			

　　额外补充：在刑侦、惊悚、悬疑、规则怪谈等相关小说中，事件的转折越出乎意料就越有可读性，读者群体也会越捧场。

3.5　事件高潮

表 3-7　事件高潮案例（以末世题材示例）

事件高潮点	事件发生所在章节	高潮内容简单概述
末世建立避难所	第二十章：避难所的出现	在经历无数次生死后，主角一行人找到了相对安全的区域，利用各种材料，结合各自技能，建造了一座避难所，这里成了人类最后的堡垒
情感张力补充		对主要角色影响
避难所的建立，吸引了其他幸存者的加入，为人类文明复兴奠定了基础		主角的领导力再次彰显，同时整个团队对主角也更加信服

表 3-8　你的事件高潮及内容

事件高潮点	事件发生所在章节	高潮内容简单概述
情感张力补充		对主要角色影响

额外补充：如果事件高潮能做情怀类的处理则更棒，尤其是家国情怀。

3.6　事件结果

表 3-9　事件结果案例（以娱乐题材示例）

副本或单剧情、单桥段标号	事件结束所在章节	事件完结是否引出其他剧情
1.0　天才歌星崛起（描述： 　　　　）	第十五章：天才歌星	是（主角作为新人歌手，在选秀节目中脱颖而出，成功签约顶级娱乐公司，但公司内竞争激烈，为未来危机埋下伏笔）
2.0　跨界挑战成功（描述： 　　　　）	第四十章：跨界演戏	是（主角利用金手指 / 系统，再次突破自己，在表演节目上大放异彩，为他接下来的事业奠定基础）

表 3-10　你的事件结果

副本或单剧情、单桥段标号	事件结束所在章节	事件完结是否引出其他剧情
1.0 （描述： ）		
2.0 （描述： ）		

　　额外补充：事件结果未必是爆米花式的大团圆结局，也可以留有遗憾，且这一部分遗憾可以波及主要角色，但不能对主要角色产生严重影响。

第4章

小说作家无法规避的六大表格

4.1　角色基本信息表格

主角外貌特征：

主角性格特点：＿＿＿＿＿＿＿

＿＿＿＿＿＿＿＿＿＿＿＿＿＿＿

＿＿＿＿＿＿＿＿＿＿＿＿＿＿＿

主角背景故事：＿＿＿＿＿＿＿

＿＿＿＿＿＿＿＿＿＿＿＿＿＿＿

主角的基本信息：

主角编号 / 姓名：＿＿＿＿＿＿＿

＿＿＿＿＿＿＿＿＿＿＿＿＿＿＿

主角特殊能力：＿＿＿＿＿＿＿

＿＿＿＿＿＿＿＿＿＿＿＿＿＿＿

主角身份 / 职业：＿＿＿＿＿＿＿

＿＿＿＿＿＿＿＿＿＿＿＿＿＿＿

主角修炼等级：＿＿＿＿＿＿＿

＿＿＿＿＿＿＿＿＿＿＿＿＿＿＿

主角额外备注：＿＿＿＿＿＿＿

主角性别 / 年龄：＿＿＿＿＿＿＿

＿＿＿＿＿＿＿＿＿＿＿＿＿＿＿

黄金配角一外貌特征：

黄金配角一的基本信息：

黄金配角编号 / 姓名：

黄金配角身份 / 职业：

黄金配角性别 / 年龄：

黄金配角性格特点：

黄金配角背景故事：

黄金配角与主角的关系：

黄金配角特殊能力：

黄金配角修炼等级：

黄金配角额外备注：

黄金配角二外貌特征：

黄金配角二的基本信息：

黄金配角编号 / 姓名：

黄金配角身份 / 职业：

黄金配角性别 / 年龄：

黄金配角性格特点：

黄金配角背景故事：

黄金配角与主角的关系：

黄金配角特殊能力：

黄金配角修炼等级：

黄金配角额外备注：

黄金配角三外貌特征：

黄金配角三的基本信息：

黄金配角编号 / 姓名：

黄金配角身份 / 职业：

黄金配角性别 / 年龄：

黄金配角性格特点：

黄金配角背景故事：

黄金配角与主角的关系：

黄金配角特殊能力：

黄金配角修炼等级：

黄金配角额外备注：

女频男主角、男频女主角一外貌特征:

女频男主角、男频女主角一的基本信息:

女频男主角、男频女主角编号／姓名:_____

_____

女频男主角、男频女主角身份／职业:_____

_____

女频男主角、男频女主角性别／年龄:_____

_____

女频男主角、男频女主角性格特点:_____

_____

女频男主角、男频女主角背景故事:_____

_____

女频男主角、男频女主角与主角的关系:_____

_____

女频男主角、男频女主角特殊能力:_____

_____

女频男主角、男频女主角修炼等级:_____

_____

女频男主角、男频女主角额外备注:_____

_____

女频男主角、男频女主角二外貌特征：

女频男主角、男频女主角二的基本信息：

女频男主角、男频女主角编号 / 姓名：

女频男主角、男频女主角身份 / 职业：

女频男主角、男频女主角性别 / 年龄：

女频男主角、男频女主角性格特点：

女频男主角、男频女主角背景故事：

女频男主角、男频女主角与主角的关系：

女频男主角、男频女主角特殊能力：

女频男主角、男频女主角修炼等级：

女频男主角、男频女主角额外备注：

女频男主角、男频女主角三外貌特征：

女频男主角、男频女主角三的基本信息：

女频男主角、男频女主角编号／姓

名：_____

女频男主角、男频女主角身份／职

业：_____

_____

女频男主角、男频女主角性别／年

龄：_____

_____

女频男主角、男频女主角性格特

点：_____

_____

_____

女频男主角、男频女主角背景故

事：_____

_____

女频男主角、男频女主角与主角的

关系：_____

_____

女频男主角、男频女主角特殊能

力：_____

_____

女频男主角、男频女主角修炼等

级：_____

_____

女频男主角、男频女主角额外备

注：_____

_____

反派一外貌特征：

反派性格特点： - - - - - - - - - - - - - - -

- -

- -

反派背景故事： - - - - - - - - - - - - - - -

- -

反派一的基本信息：

反派与主角的关系： - - - - - - - - - - -

反派编号 / 姓名： - - - - - - - - - - - - - - - -

- -

- -

反派特殊能力： - - - - - - - - - - - - - - -

反派身份 / 职业： - - - - - - - - - - - - - - - -

- -

- -

反派修炼等级： - - - - - - - - - - - - - - -

- -

反派性别 / 年龄： - - - - - - - - - - - - - - - -

反派额外备注： - - - - - - - - - - - - - - -

- -

反派二外貌特征：

反派二的基本信息：

反派编号 / 姓名：_____

_____

反派身份 / 职业：_____

_____

反派性别 / 年龄：_____

_____

反派性格特点：_____

_____

_____

反派背景故事：_____

_____

反派与主角的关系：_____

_____

反派特殊能力：_____

_____

反派修炼等级：_____

_____

反派额外备注：_____

_____

反派三外貌特征：

反派三的基本信息：

反派编号 / 姓名：_____

_____

反派身份 / 职业：_____

_____

反派性别 / 年龄：_____

_____

反派性格特点：_____

_____

_____

反派背景故事：_____

_____

反派与主角的关系：_____

_____

反派特殊能力：_____

_____

反派修炼等级：_____

_____

反派额外备注：_____

_____

反派四外貌特征：

反派性格特点： _____

_____

_____

反派背景故事： _____

_____

反派与主角的关系： _____

反派四的基本信息：

反派编号 / 姓名： _____

_____

反派特殊能力： _____

反派身份 / 职业： _____

_____

_____

反派修炼等级： _____

_____

_____

反派性别 / 年龄： _____

反派额外备注： _____

_____

_____

反派五外貌特征：

反派五的基本信息：

反派编号 / 姓名：_____

反派身份 / 职业：_____

反派性别 / 年龄：_____

反派性格特点：_____

反派背景故事：_____

反派与主角的关系：_____

反派特殊能力：_____

反派修炼等级：_____

反派额外备注：_____

中间人物/神秘人物—外貌特征：

中间人物/神秘人物性格特点：

中间人物/神秘人物背景故事：

中间人物/神秘人物一的基本信息：

中间人物/神秘人物姓名/称呼：

中间人物/神秘人物在小说中的作用：

中间人物/神秘人物别名及意义：

中间人物/神秘人物与正面角色或反面角色的关系纽带：

中间人物/神秘人物性别/年龄：

中间人物 / 神秘人物二外貌特征：

中间人物 / 神秘人物性格特点：

中间人物 / 神秘人物背景故事：

中间人物 / 神秘人物二的基本信息：

中间人物 / 神秘人物姓名 / 称呼：

中间人物 / 神秘人物在小说中的作用：

中间人物 / 神秘人物别名及意义：

中间人物 / 神秘人物与正面角色或反面角色的关系纽带：

中间人物 / 神秘人物性别 / 年龄：

中间人物 / 神秘人物三外貌特征：

中间人物 / 神秘人物性格特点：

中间人物 / 神秘人物背景故事：

中间人物 / 神秘人物三的基本信息：

中间人物 / 神秘人物姓名 / 称呼：

中间人物 / 神秘人物在小说中的作用：

中间人物 / 神秘人物别名及意义：

中间人物 / 神秘人物与正面角色或反面角色的关系纽带：

中间人物 / 神秘人物性别 / 年龄：

中间人物 / 神秘人物四外貌特征：

中间人物 / 神秘人物性格特点：

中间人物 / 神秘人物背景故事：

中间人物 / 神秘人物四的基本信息：

中间人物 / 神秘人物姓名 / 称呼：

中间人物 / 神秘人物别名及意义：

中间人物 / 神秘人物性别 / 年龄：

中间人物 / 神秘人物在小说中的作用：

中间人物 / 神秘人物与正面角色或反面角色的关系纽带：

中间人物 / 神秘人物五外貌特征：

中间人物 / 神秘人物性格特点：

中间人物 / 神秘人物背景故事：

中间人物 / 神秘人物五的基本信息：

中间人物 / 神秘人物姓名 / 称呼：

中间人物 / 神秘人物别名及意义：

中间人物 / 神秘人物性别 / 年龄：

中间人物 / 神秘人物在小说中的作用：

中间人物 / 神秘人物与正面角色或反面角色的关系纽带：

对于小说中角色的基本信息，做以下几个方面的补充：

黄金配角额外补充：

小说中的黄金配角可以理解为主角的左膀右臂，在主角做决策时起到重大作用。也正因这类角色作用非常大，所以在小说中的数量不宜过多，原则上小说主角的黄金配角不宜超过六个。

女频男主角、男频女主角额外补充：

补充一：目标与动机一般侧重于因果，即怎样的原因导致男女主角相识、相知到相恋；关系网络则指代女频的男主角和男频的女主角的个人关系表，且该关系表能推动剧情的发展。

补充二：为防止小说变为后宫文，一般男频女主角或女频男主角具备唯一性。特殊情况除外，包括但不限于因某起事故导致男频女主角或女频男主角意外去世，机缘巧合之下，认识了男频的女主角二或女频的男主角二。但要注意，主角绝对不能同时与多位男主角或女主角相恋，否则容易出现伦理问题。

反派额外补充：

补充一：按照小说循序渐进的创作结构来看，最开始出现的反派与后面的反派大概率存在因果关联，即小反派的背后靠山是大反派，所以要尽可能让反派与反派之间建立关联。

补充二：反派不仅是站在人性对立面的绝对阴险狡诈的人物，还应该包括某些麻木不仁等特殊情境下给主角团队造成极大苦难的人物。

中间人物 / 神秘人物额外补充：

因为我们有反派人物的基本信息表，所以中间人物或神秘人物一般默认为故事情节的主动推动者，可以是没有感情色彩的特定角色，也可以是站在主角或者站在正义角度的事件执行者和情节推动者。

其他额外补充：

如果是群像文小说，可能需要再多复制几份表格，添加关键人物和信息。

4.2 地理位置、空间环境表格

地点名称：

地理位置描述：

自然环境特征：

气候特点：	人文景观 / 建筑特点：
历史背景 / 传说故事：	社会结构 / 居民特点：

主要活动 / 节日：

特殊资源 / 产物：

地理位置涉及的特殊势力：

不同地理位置关联：	地理位置对主角的影响：

额外备注：

　　额外补充：如果实在不知道地理位置空间环境表格怎么填，强烈建议大家读一读四大名著之一的《西游记》。《西游记》的空间感非常强，大家可以从中汲取一些灵感。

4.3　家族或势力的矛盾纠纷表格

矛盾双方：

矛盾双方或多方与主角的关系：

矛盾起因：

矛盾发展：

矛盾经过：

矛盾结果：

解决方案及影响范围：

　　额外补充：随着小说字数的增多，家族或势力的矛盾纠纷也会越多，则该表格需要不断复制、粘贴，重复使用。如果在该表格中无法填完，则需要额外附上 3 ～ 5 张纸继续填写。这一点很关键，防止小说写到后面，忘记原有的矛盾线。

4.4　重要时间节点表格

时间节点：

事件名称：

事件描述：

涉及人物：

地点：

影响 / 后果：

时间节点关联：

时间节点的因果关系：

是否存在插叙、倒叙：

　　额外补充：时间节点最重要的一点是不能乱，自己在第一章写 3 年之后的事情，第二章写 5 年之后的事情，结果 3 年之后发生的事和 5 年之后发生的事一样，这就属于重大失误了。

4.5 伏笔或暗线表格

伏笔 / 暗线名称：

与主角的关联：

首次出现章节：

描述：

后续发展：

揭示时机：

对故事的影响：

额外补充：如果伏笔或暗线只留存5～10章就大揭秘，按照上述表格创作即可，但如果伏笔是贯穿整本书的，那么需要对伏笔的细节不断强调，防止读者读到中间靠后时忘记之前的伏笔。

4.6　物品和功能表格

物品基础功能：　物品名称　　物品外观　　物品功能　　物品来源　　物品背景

物品与角色关系　　物品出现节点及补充　　其他：

物品一：

- -

物品二：

- -

物品三：

- -

物品四：

- -

物品五：

- -

物品六：

- -

　　额外补充：300万字以上的小说物品及功能表格最少需要 50 ～ 100 个，所以这份物品功能表格明显是不够的，我们可以拿几张纸附上继续写，当然也可以再另外购买几本小说本，做关键信息填充。

第 5 章

小说主线与支线创作通用模板

5.1 小说主线创作模板

5.1.1 小说主线因果关系

@ **案例：**

因：

起始事件

一个偏远的小镇发生了一起神秘失踪案，种种证据锁定了主角，主角因此被迫卷入失踪案调查中。

关键发现

主角在调查过程中发现了一张旧照片，怀疑对象指向了一个可疑人物，主角开始追踪新的线索。

转折点

主角与嫌疑人正面冲突过程中，发现关键证据被毁灭，他必须重新找寻证据，制订新的计划。

高潮事件

所有线索汇聚，真相即将大白，所有人的命运即将揭晓。

果：

结局

主角最终洗刷了冤屈，证明了自己的清白。

你的小说主线因果关系：

> **因：**
>
> **起始事件**
>
> --
>
> --
>
> **关键发现**
>
> --
>
> --
>
> **转折点**
>
> --
>
> --
>
> **高潮事件**
>
> --
>
> --
>
> **果：**
>
> **结局**
>
> --
>
> --
>
> --

额外补充：所有小说主线的因果关系，我们只需要记住一点，即"因为发生了什么事，所以要怎样怎样"，这是最关键的一句话。怕的是没有"因为"，只有"所以"，或者只有"因为"，没有"所以"，这样节奏一定会混乱。

5.1.2　主要角色及人物人设转变关键节点

表 5-1　人物人设转变关键节点案例 1

角色名称	主角：倍倍
初始人设	平凡的乡村少年，对世界充满好奇，但缺乏自信
关键节点 1	发现家族遗留的神秘古书，开始自学武艺，展现出超人的天赋
关键节点 2	村庄受到妖兽袭击，倍倍挺身而出，成为村民心中的英雄
关键节点 3	倍倍遭遇强敌，几乎丧命，被高人救下，并传授绝技，他技能大幅提升
最终人设	成为著名的武者，保护了家乡，性格更加坚毅、勇敢

表 5-2　人物人设转变关键节点案例 2

角色名称	主角：徐露露
初始人设	默默无闻的职场新人，性格温柔，她在一家大公司担任经理助理的职务，渴望在职场有所作为，但因缺乏勇气错失机会
关键节点 1	公司突然遇到重要项目变动，徐露露被临时委以重任，她决定接受挑战，展现自己的能力和潜力
关键节点 2	项目执行中，徐露露遇到前所未有的挫折，但她没有放弃，积极沟通，化解矛盾
关键节点 3	经过不懈努力，她完成了项目，还得到了领导的认可，彻底摆脱了最初的迷茫和不安，开始规划自己的职业生涯
最终人设	徐露露成长为一位成熟、自信、富有领导能力的成功女性，而且是能在公司独当一面的关键人物

额外补充：普通作家创作时一般不会触及多角色人设转变，有 1～2 个角色人设转变就已经是非常难得了，因为人设转变需要铺大量的场景，不是一两句话说改变就能改变的。所以这份表格大家只需要列举与主角相关的，或者包括主角在内的关键人物人设转变的关键节点即可。

表 5-3　你的小说人物人设转变关键节点

角色名称	
初始人设	
关键节点 1	
关键节点 2	
关键节点 3	
最终人设	

5.2　小说支线创作模板

5.2.1　小说支线因果关系

表 5-4　小说支线因果关系案例

支线人物	小镇铁匠：李大锤
引入方式	主角在小镇上休整装备时结识
初始状态	技艺高超，但生活困顿，梦想打造一把世间无敌的武器

续表

关键事件	主角委托其打造秘密武器，但李大锤发现材料不足
事件变化	李大锤因突发事件开始信任并依赖主角，决定共同对抗恶霸
交织点	主角在对抗恶霸的过程中，用李大锤打造的秘密武器取得胜利
高潮	恶霸反击，李大锤的工坊被破坏，但他杀身成仁，完成了秘密武器的制作
解决方案	主角带领小镇居民击败恶霸
结局	李大锤成为小镇英雄，被世人铭记
后续影响	李大锤的秘密武器在后续故事中多次出现，成为重要道具

表 5-5　你的小说支线因果关系

支线人物	
引入方式	
初始状态	
关键事件	
事件变化	
交织点	

续表

高潮	
解决方案	
结局	
后续影响	

额外补充：小说支线和小说主线的因果关系，其本质差别不大，无非就是主线只与主角有关联，与其他人物是强关联；而支线与主角关联度不高，与其他人无强关联。

5.2.2　小说支线推动主线发展表

表 5-6　小说支线推动主线发展表

小说主线： 主角刘倍倍（男生，对电子竞技充满了热情），从默默无闻成长为顶尖职业电竞选手的励志故事
小说支线： 在追求电竞梦想的过程中，他不仅要面对技术上的挑战，还要克服来自家庭、社会以及队友间的种种困难及矛盾，最终带领队伍赢得世界冠军，为电竞正名
支线 1： 刘倍倍在大学里，因为有过人的天赋和能力，被选为电竞社团团长，他积极组织校内比赛、邀请知名战队交流，带领同学们掀起了电竞热潮

支线 2:

刘倍倍的天赋被人发现，受邀参加国际电竞交流比赛，面对世界各地的顶尖高手，刘倍倍充分展现个人实力，关键时刻，凭借一次精彩绝伦的操作，扭转局势，赢得比赛

支线 3:

刘倍倍成为职业选手，战队遭遇了前所未有的危机，甚至面临解散的风险。这个时刻，他挺身而出，主动调解矛盾、重振士气，让战队恢复凝聚力和战斗力，最终，他们赢得了胜利和人们的尊重

直接关联:	**间接关联:**
展现了刘倍倍的担当和领导能力，让他更坚定自己的电竞梦想	解决了团队危机，间接体现了刘倍倍的核心凝聚力，升华了主角的人设

表 5-7　你的小说支线推动主线发展表

小说主线:

小说支线:

支线 1:

支线 2：	
支线 3：	
直接关联：	**间接关联：**

额外补充：小说如果只推动主线任务，那么剧情太过枯燥且很难创作出 50 万字以上的内容；支线任务既可以增加人物人设，让人物更丰富饱满，同时也能有效推动剧情。

5.2.3　大转场与小转场塑造技巧

小说中的大转场，一般指重要的人物出场或消失；黄金配角或男频的女主角、女频的男主角突然死亡或复活；周边场景的完全转换、周边人物关系的大幅变动。有以下四个解决方案：

方案一：构建单元副本，每一个副本都是一个转场。

方案二：通过之前的若干章，不断强调转场后的关键信息，来平铺直叙。

方案三：直接进行多场景描述，把一章拆成 2 ～ 3 个场景或环境。

方案四：给某个人物、某个环境、某段关系做一个章节的剧情回顾。

小说中的小转场一般指人物的突然出现或消失、按剧情发展主角需要临时完成的特殊任务或支线人物等其他人物需要主角帮助。有以下三个解决方案：

方案一：直接借助时间过渡法，比如几天后、一个月后、几年后。

方案二：直接借助空间过渡法，比如来到了平原、穿过一片森林、走到一个小镇。

方案三：视角转换法，从最开始站在主角视角叙述，转变到站在周边人物的视角叙述。

表 5-8　小说中的大转场示例

转场前	主角在城市中追逐敌人，气氛紧张
转场过渡	几天后，主角来到一个偏远的山村……
转场后	主角在山村中展开新的调查，发现一个了不得的秘密

表 5-9　小说中的小转场示例

转场前	主角与友人在咖啡厅聊天，气氛轻松
转场过渡	友人突然提到了一个神秘传说，主角陷入沉思……
转场后	主角开始寻找线索，帮助友人解决危机

表 5-10　你的大转场塑造

转场前	
转场过渡	
转场后	

表 5-11　你的小转场塑造

转场前	
转场过渡	
转场后	

小说内容创作